L'AUTOCRATE

COMÉDIE EN UN ACTE

PAR

L. BRIDIER

PARIS

IMPRIMERIE DE PILLET FILS AINÉ

RUE DES GRANDS-AUGUSTINS, 5

1872

L'AUTOCRATE

COMÉDIE EN UN ACTE

DURIER, frère de Mme Moissac.

VERNEL, gendre de Mme Moissac, père d'Anna.

LÉON, petit-fils de Mme Moissac.

Mme MOISSAC, belle-mère de Vernel, grand'mère de Léon et d'Anna.

LAURE, femme de Vernel, fille de Mme Moissac.

ANNA, fille de Vernel et de Laure.

DOMESTIQUES ET PAYSANS.

L'AUTOCRATE

La scène se passe dans une maison de campagne des environs de Paris, située au bord de la Seine.

Le théâtre représente un salon d'été. — Portes-fenêtres au fond s'ouvrant sur le parc.

SCÈNE PREMIÈRE

DURIER, VERNEL

DURIER, entrant suivi de Vernel.

Tu vois, mon cher ami... Ce salon n'a pas plus changé d'aspect que le reste... Tous ces meubles sont encore là... aussi raides, aussi dignes, aussi vieux... c'est-à-dire plus vieux que quand tu les as quittés il y a cinq ans.

VERNEL.

C'est vrai, mon oncle, rien n'est changé.

DURIER.

Rien... Excepté nous... Tu as pris du ventre, mon cher Victor... Je crois même que tu grisonnes un peu.

VERNEL, riant.

Vraiment?... Eh bien! mon cher oncle, je vous assure, sans flatterie, que ces cinq ans n'ont laissé aucune trace sur votre visage... Vous avez l'air toujours aussi vert... aussi allègre.

DURIER, se frottant les reins.

La figure... c'est possible... mais... le reste... Ah! les douleurs, mon cher... Tu n'y es pas encore... mais tu y viendras, sois tranquille... Mais, voyons, parlons un peu de toi, des liens... de ta femme... de ta fille, qui doit être une grande demoiselle maintenant.

VERNEL.

Vous les verrez tout à l'heure... Ma femme a de suite emmené sa fille embrasser sa grand'mère... A propos !.. Comment va-t-elle Mme Moissac?

DURIER, riant.

Voilà un : à propos qui n'est pas flatteur pour ta belle-mère.

VERNEL.

Oh! mon oncle !... C'est vous qui, avec vos questions, ne m'avez pas laissé le temps de vous demander de ses nouvelles.

DURIER, comiquement.

Ne t'excuse pas... Je te pardonne! (Avec un soupir.) Elle va bien, du reste, cette chère sœur.

VERNEL.

Comme vous dites cela?

DURIER.

Comment veux-tu que je le dise... Avec enthousiasme?

VERNEL, riant.

Et... et... Comment vivez-vous ici depuis mon départ?

DURIER.

Heu !... mal... Ah! mon cher Vernel! Si je n'avais promis à mon pauvre père de garder indivise la propriété qu'il nous a laissée à ta belle-mère et à moi... Et si je ne m'étais pas promis à moi-même de vous en laisser ma part... il y a longtemps que j'aurais fui loin d'ici... Et comme tu as bien fait, il y a cinq ans, de prendre le sage parti de t'éloigner... J'en ai bien souffert sur le moment à cause de ta femme, que j'aime comme mon enfant, et de ta petite Anna, qui promettait d'être si bonne et si jolie... Mais je n'ai pas eu le courage de t'en blâmer... Il y allait de ton bonheur, de ta tranquillité... Tu as tranché dans le vif, et tu as eu cent fois raison.

VERNEL.

Oui... Les commencements ont été durs... Ma femme m'en voulait de l'avoir séparée presque brusquement de sa mère... Mais quand elle a vu de combien de soins je l'entourais... combien mon caractère, qui était devenu presque irascible au contact des picoteries incessantes de ma belle-mère, redevenait égal et prévenant... Quand elle n'a plus eu le spectacle presque journalier de ces discussions irritantes qui la faisaient souffrir... Quand surtout elle n'a plus subi l'ascendant de sa mère... Elle a été tout étonnée de se trouver heureuse... Et je vous assure, mon oncle, que le jour où j'ai retrouvé le bonheur que j'avais cru un instant disparu... Oh ! ce jour-là... ce jour-là, j'ai été bien heureux, allez.

DURIER, lui serrant la main.

Je le crois bien, mon pauvre ami... et j'en suis bien content pour toi..., car je finissais par être inquiet de ces tiraillements, de ces petites aigreurs que je voyais naître entre ta femme et toi... Et, ma foi, tu as pris le bon moyen, car si tu étais resté... je ne sais pas ce qui serait arrivé... mais à coup sûr tu aurais été malheureux.... Tu l'étais déjà...

VERNEL.

C'est vrai... Et en partant pour tenter la cure, je n'étais pas sûr de réussir... Ah çà.... Mme Moissac est donc toujours la même ?

DURIER.

La même... Oh ! non.

VERNEL.

A la bonne heure.

DURIER.

Oh ! non... Elle est encore plus... Comment dirai-je... que par le passé.

VERNEL, riant.

Bah!... Fichtre!...

DURIER.

Ah! je crois bien!... Avec cela... depuis quelque temps...
elle s'est engouée du curé du pays, et depuis lors, elle qui
était déjà assez sévère en matière religieuse... est devenue
d'une intolérance!...

VERNEL.

Vraiment?...

DURIER.

Ah! mon cher!... Tiens, par exemple, avant... on nous
faisait faire maigre le vendredi... Moi, ça m'allait... Une
fois par semaine... Enfin j'y étais habitué... Mais depuis
que le curé nous honore de son intimité,... c'est vigile
jeune par ci... quatre temps par là... Ah! au diable! Aussi
ai-je signifié à ma très-chère sœur qu'en dehors du vendredi je ne voulais plus de maigre, ou que sans cela je me
faisais servir dans ma chambre... Puis, ce sont des œuvres
pieuses... des congrégations... des loteries dans lesquelles
je suis fourré, grâce à ta belle-mère qui ne me consulte
même pas... et je n'ai connaissance de tout cela que quand
il faut payer... (car il faut toujours payer)... Et quand je
vois mon nom affiché sur la porte de l'église, accolé à celui
du curé et de trois ou quatre marguilliers... Enfin, te l'a-
vouerai-je... j'ai ma place au banc d'œuvre!... Je ne l'oc-
cupe jamais... mais cela me coûte deux cents francs par an.

VERNEL.

Que voulez-vous, c'est pour les pauvres.

DURIER.

Ah, oui... pour les pauvres... pour la fabrique, tu veux
dire... ce qui n'est pas du tout la même chose... Mais enfin,
si pour mon argent je pouvais ne plus en entendre parler...
Mais... pas plus tard qu'hier, ils ont passé toute la soirée à
commenter le mandement de Monseigneur... article par

article !... Oh ! vois-tu, il y a des moments où c'est agaçant, horripilant !

VERNEL.

Voyons, mon oncle...

DURIER.

Enfin, tu sais si j'étais, non pas indifférent, mais calme, docile en matière religieuse... Eh bien ! je deviens sceptique... et j'en étais à cent lieues... c'est une cure dont ma chère sœur pourra se vanter.

VERNEL.

Allons donc, mon oncle... vous n'en êtes pas là.

DURIER.

Non... mais j'y arriverai... C'est que cela devient trop fort aussi... Croirais-tu... Croirais-tu que dernièrement elle m'avait fait nommer membre correspondant d'une société placée sous le patronage de je ne sais plus quel saint... société qui a pour but d'insinuer le sacrement de mariage aux gens qui jusqu'alors avaient jugé à propos de s'en passer.

VERNEL, riant.

Bah !...

DURIER.

Oui.,. Ils appellent cela : régulariser les positions... Et... et... sais-tu quelles étaient les fonctions que ta belle-mère m'avait fait attribuer... J'étais chargé par le directeur de rechercher dans le canton les... délinquants et de leur proposer les bons offices de la société... Me vois-tu, moi qui n'ai jamais voulu me marier... aller dire à un monsieur : Mon ami, jusqu'ici vous avez voulu rester libre... vous avez eu tort... Mariez-vous... enchaînez-vous... cela fera plaisir à votre serviteur et à l'honorable confrérie dont je suis l'humble représentant... (Riant.) Ah ! ah !... c'eut été trop drôle... Enfin on voulait faire de moi un commis-voyageur matrimonial... spécialité des faux ménages.

VERNEL.

[..Allons donc !... Ce n'est pas sérieux

DURIER.

Mais très-sérieux, au contraire... je t'assure.

VERNEL.

Et vous avez refusé?

DURIER.

Net!..... Et..... et..... sais-tu quelle est l'épithète dont Mme Moissac m'a gratifié à cause de mon refus?

VERNEL.

Non.

DURIER.

Elle m'a appelé : Voltairien !

VERNEL, riant.

Ah! superbe!...

DURIER.

Voltairien!... moi!... moi qui n'ai jamais pu, —j'en demande pardon aux mânes de ce grand homme, — mettre le nez dans un volume de Voltaire sans m'endormir.

VERNEL.

Enfin, mon oncle, vous vous en êtes tiré.

DURIER.

Oui... Ma sœur m'a lardé de coups d'épingles et d'allusions transparentes pendant huit jours... Le curé a pris avec moi pendant quelque temps un petit air aigre-doux... J'ai fait semblant de ne rien entendre... de ne rien voir... mais néanmoins j'ai tenu bon, et la sainte confrérie a dû chercher un autre représentant.

VERNEL.

Oh! mon pauvre oncle!... Je vois que tout n'est pas rose pour vous ici.

DURIER.

Oh! oui, va!... Heureusement j'ai Léon pour me consoler... Léon, ton neveu... et bientôt autre chose, j'espère.., C'est un brave enfant, un cœur d'or... Il voit bien ce que sa grand'mère me fait endurer... Aussi il n'y a pas de prévenances qu'il n'ait pour moi... Mais... mais ici.. grâce à Léon, je n'ai qu'à dire devant lui que je désire quelque chose pour que mon souhait soit immédiatement satisfait.

VERNEL.

Comment cela?

DURIER.

Mais, oui... Léon le demande comme le désirant lui... Et sa grand'mère qui n'a d'yeux que pour lui et d'autre volonté que la sienne, y adhère sur l'heure... Ainsi, ma sœur, sans s'en apercevoir, fait quelquefois mes volontés... par ricochet... Si elle s'en doutait!...

VERNEL.

Elle serait furieuse!... Mais j'ignorais que Léon fût ici...

DURIER.

Il y passe l'été... C'est pour cela que je vous ai tant pressés d'arriver.

VERNEL.

Mais, mon oncle!

DURIER.

Ah! mon cher Vernel... j'ai mis ce mariage dans ma tête, et... le diable m'emporte... il se fera... J'aime trop ce garçon-là pour ne pas confondre l'affection que j'ai pour lui avec celle que j'ai toujours eue pour toi et les tiens.

VERNEL, lui serrant la main.

Bon oncle!... mais Léon est riche... et Anna...

DURIER, l'interrompant.

Veux-tu bien te taire!... Est-ce qu'il sera question de cela! Léon est orphelin, maître de sa fortune et assez riche pour se passer la fantaisie d'épouser sa cousine qu'il aime et avec laquelle il sera cent fois plus heureux qu'avec un laideron qui lui apportera son pesant d'or.

VERNEL.

Comment, il aime Anna?... Mais il ne nous en a jamais rien dit.

2

DURIER.

Mais il me l'a dit à moi... en me montrant la photogra-
phie d'Anna qu'elle lui a donnée l'an dernier quand il est
allé vous voir.

VERNEL.

Bah !

DURIER.

Ah tu n'avais pas vu cela, toi!... Vois-tu, il n'y a encore
que les oncles... et les oncles garçons pour deviner et
comprendre les jeunes cœurs .. Ah ça! mais ces dames se
font bien attendre... Je brûle de les embrasser, moi... Il
me semble que ma sœur les confisque un peu trop à son
profit... Va donc les chercher, hein...

VERNEL.

Vous avez raison, mon oncle... J'y vais... Ah! les voici.

SCÈNE II

DURIER, VERNEL, Mme MOISSAC, LAURE, ANNA.

LAURE ET ANNA, courant à Durier qui leur tend les bras.

Bonjour, mon oncle.

DURIER, les embrassant.

(A Laure.) Bonjour, ma bonne Laure... (A Anna.) Bonjour, ma
chère petite... (Se reprenant.) Bonjour, mademoiselle...

VERNEL, s'approchant de Mme Moissac pour l'embrasser.

Chère madame, voulez-vous me permettre?...

Mme MOISSAC.

Nous nous sommes lassées de vous attendre, mon cher
gendre, et je suis venue prendre de vos nouvelles... puisque
vous ne vous décidiez pas à venir me voir.

VERNEL.

Mais, madame... j'avais laissé ma femme et ma fille se

rendre seules chez vous pour ne pas gêner vos épanchements... Je leur avais donné rendez-vous ici, et...

Mme MOISSAC.

Nos épanchements!... Que voulez-vous dire ?... Ah ! oui,
je sais... nos secrets... Votre marotte est donc toujours la
même, mon cher gendre... Vous ne voyez partout, comme
jadis, que complots et machinations !

VERNEL.

Mais du tout.

DURIER.

Mais, ma sœur, vous allez chercher bien loin ce qui est
tout simple... C'est moi qui ai retenu Vernel et en causant,
je l'ai peut-être gardé trop longtemps... Du reste, il allait
vous chercher quand vous êtes arrivées.

Mme MOISSAC, sèchement.

Très-bien... Du moment que c'est vous, mon frère, qui
avez empêché mon gendre de me rendre ses devoirs.

DURIER.

Je ne l'ai pas empêché... Nous étions heureux de nous
revoir... Nous avons causé... Voilà tout...

Mme MOISSAC.

Ah ! oui... les épanchements.

DURIER, en colère.

Quoi! les épanchements?... Qu'est-ce que vous voulez
dire... Allez-vous encore recommencer vos allusions et vos
mots à double entente?... Je vous préviens que Vernel n'est
pas disposé à les endurer... Et que moi...

Mme MOISSAC.

Et que vous?...

DURIER.

Et que moi... Je trouve qu'il aura raison.

Mme MOISSAC.

C'est cela!... Fomentez la révolte chez moi...

DURIER.

Chez vous... Chez nous, s'il vous plait... La révolte!...
Tenez, vous divaguez.

Mme MOISSAC.

Mon frère!

DURIER.

Ma sœur!

Mme MOISSAC, avec hauteur.

Brisons là, s'il vous plaît?...

DURIER, haussant les épaules.

Peuh!...

(Laure et Anna entourant Mme Moissac.)

LAURE.

Voyons, maman.

ANNA, suppliante.

Bonne maman.

VERNEL, allant à Durier.

Du calme, mon oncle.

DURIER.

Tu as raison... Tiens, je m'en vais... Tu vois, hein.
(A Anna.) Viens-tu avec moi, petite?

ANNA.

Volontiers, mon oncle.

(Elle lui donne le bras. Ils sortent.)

SCÈNE III

VERNEL, Mme MOISSAC, LAURE

VERNEL.

Je suis désespéré, madame, d'avoir été la cause involon-
aire de cette querelle.

Mme MOISSAC.

Il fallait, monsieur, au lieu de dresser des plans de ré-

bellion avec M. Durier, venir prendre de mes nouvelles...
cela ne serait pas arrivé.

LAURE.

Il avait été convenu avec Victor que je devais le rejoindre
avec toi, maman... Et si quelqu'un est fautif, c'est moi,
d'avoir oublié l'heure auprès de toi.

Mme MOISSAC.

Tu excuses ton mari... c'est très-bien, mon enfant...
mais cela n'empêche que...

LAURE, d'un ton sec.

Je n'excuse pas mon mari, maman... Il n'a pas besoin
d'être excusé... Je le répète, c'est moi qui suis fautive, et
je lui en demande pardon.

Mme MOISSAC, étonnée.

Comment!... Tu lui demandes...

VERNEL.

Pardon... (Embrassant sa femme.) Et je le lui accorde.

Mme MOISSAC.

(A part.) Quel changement!... (Haut et ironiquement.) C'est édi-
fiant.

VERNEL.

Oui... c'est comme cela chez nous maintenant.

Mme MOISSAC.

Oui dà... Et vous en êtes fier, n'est ce pas... Et vous êtes
triomphant de me faire voir que vous avez mis à profit le
temps que ma fille a passé loin de moi... Mes compliments,
mon cher gendre... Faites de l'absolutisme, puisque cela
vous réussit... (A Laure.) Jour de Dieu!... Demander pardon
à son mari!... Mais je n'ai jamais demandé pardon à monsieur ton père, moi!

LAURE.

Mais pourtant, maman... quand tu avais tort...

Mme MOISSAC, avec dignité.

Je n'avais jamais tort, ma fille !

VERNEL, toussant.

Hum !...

Mme MOISSAC, raillant.

Non, monsieur Vernel. (Accentuant.) Je... n'avais... ja-mais... tort.

VERNEL, appuyant.

Vous aviez raison...

SCÈNE IV

LES MÊMES, LÉON.

LÉON.

(Embrassant Mme Moissac.). Bonjour, bonne maman. (Serrant la main de Vernel et de Laure.) Bonjour, mon oncle... bonjour, ma tante... Je ne vous demande pas de nouvelles d'Anna... Je viens de la rencontrer dans le parc avec mon oncle Durier. (A Mme Moissac.) Comment allez-vous ce matin... grand'mère ?

Mme MOISSAC.

Bien, mon enfant... (Avec sollicitude.) Mais toi ? D'où viens-tu ? Tu es en nage.

LÉON, s'essuyant le front.

Oui, en effet, j'ai chaud... C'est qu'aussi j'ai fait du chemin.

VERNEL.

Comment cela ?

LÉON.

Voilà... J'étais allé au-devant de vous... avec ce jeune poulain... Vous savez, grand'mère... celui qu'on vient de dresser... A quelques pas d'ici, il s'est emballé et m'a fait faire une course furibonde à travers les champs et les terres labourées. De sorte que lorsque j'ai pu le ramener et ga-

gner le chemin de fer... le train était passé et votre voiture
partie... Et j'ai eu beau galopper, vous êtes arrivés avant
moi.

Mme MOISSAC.

Pauvre enfant !... Il ne t'est rien arrivé, au moins... Je
ne veux plus que tu montes ce cheval... tu entends...

LÉON.

Oh ! grand'mère... la première fois, il sera doux comme
un mouton, vous verrez. Il a vu que je ne lui cédais pas...
Pour venir à bout d'un cheval... il faut lui imposer sa volonté et lui faire sentir qu'on est son maître.

Mme MOISSAC.

Eh bien ! mon ami... Voilà une théorie qui doit plaire à
ton oncle Vernel.

VERNEL, à part.

L'allusion est peu flatteuse.

LÉON.

Vraiment, mon oncle, vous...

VERNEL.

Ta grand'mère se trompe, mon ami... Je n'ai jamais eu
la moindre notion d'équitation,

Mme MOISSAC, à Laure.

(Pendant le colloque entre Mme Moissac et Laure, Vernel et Léon causent ensemble.)

Léon a raison, ma fille... Quand on ne sait pas résister à
l'éperon... il faut abdiquer tout pouvoir... et accepter son
maître.

LAURE.

Oh! oh!... l'éperon!... est dur, maman... Et un mari
peut être un maître... sans avoir des habitudes si... cava-
lières.

Mme MOISSAC.

Point, ma fille... Il n'y a pas de milieu... Les hommes
sont tyrans ou esclaves... Et il vaut mieux commander à
ceux-ci que de subir ceux-là.

LAURE.

Tu es... exclusive, maman... En tout cas, je serais désolée
qu'on crût mon mari mon esclave... A tout prendre, j'ai-
merai encore mieux qu'il fût...

Mme MOISSAC, l'interrompant.

Arrête, malheureuse !... Ah ! ma pauvre fille... c'est com-
plet... Tu es sous le joug.

(Laure sourit en secouant la tête négativement.)

LÉON, s'avançant vers Laure.

Je viens de faire mes compliments à mon oncle, ma
chère tante... Je lui disais que j'avais trouvé Anna encore
plus jolie que l'année dernière... Je voulais vous la ramener; mais mon oncle Durier est si heureux et si fier de
promener sa petite nièce qu'il n'a jamais voulu me céder
son bras.

LAURE.

Ce bon oncle... Mais, puisqu'ils ne reviennent pas... si
nous allions les chercher... Veux-tu, Victor?

VERNER.

Allons.

LAURE.

Viens-tu avec nous, maman ?

Mme MOISSAC.

Non... Je rentre... J'ai des ordres à donner... Viens-tu,
Léon ?

LÉON.

Merci, grand'mère... Je vais un peu m'étendre sur ce ca-
napé... Cette course désordonnée m'a éreinté.

Mme MOISSAC.

Eh bien ! c'est cela, mon ami, repose-toi... A tout à
l'heure.

LÉON.

A tout à l'heure, grand'mère... (Il fait un geste d'adieu à Vernel et
à Laure.)

SCÈNE V

LÉON, seul, les regardant s'éloigner.

Ah bien! oui... me reposer... quand Anna va venir ici
avec mon oncle... Je ne savais comment les éloigner; mais
ils y sont venus d'eux-mêmes... Qu'est-ce que mon oncle
peut avoir à nous dire?... Je m'en doute bien un peu... Va
nous attendre au salon, m'a-t-il dit, et tâche d'y être seul...
Nous avons à causer tous les trois... Il devait être entrain
de plaider ma cause auprès d'Anna et d'attaquer la grande
question quand je les ai rencontrés... car Anna est devenue toute rouge et n'osait me regarder... Quel embarras
charmant, et comme cette rougeur lui seyait bien... Chère
petite, je t'adore!... Pourvu qu'elle consente à devenir ma
femme!

SCÈNE VI

DURIER, LÉON, ANNA.

DURIER, à Léon.

Tu es seul?

LÉON.

Oui, mon oncle... Grand'mère est rentrée chez elle, et
mon oncle et ma tante Vernel sont allés vous chercher
dans le parc.

DURIER.

Très-bien!... mais ils peuvent revenir d'un moment à
l'autre... Aussi n'avons-nous pas un instant à perdre...
Voyons, mes chers enfants... Écoutez ici... (Léon et Anna lui
prennent chacun un bras.) Bon... D'abord toi, Léon.

LÉON.

Mon oncle?

DURIER.

Léon, tu aimes ta cousine?

LÉON.

Vous me le demandez, mon oncle... Vous, à qui je l'ai dit cent fois.

DURIER.

C'est vrai... Mais, tu sais qu'Anna est sans fortune.

LÉON, d'un ton de reproche.

Mon oncle !...

DURIER, l'arrêtant.

Permets... Maintenant jure-moi que tu veux qu'Anna soit ta femme.

LÉON, étendant la main.

Je le jure... sur l'affection et le respect que j'ai toujours eus pour vous, mon bon oncle.

DURIER.

Très-bien !... Tu es un brave garçon et je te crois... (A Anna.) et nous te croyons... N'est-ce pas, petite?... Allons, fais violence à tes scrupules, ma chère enfant... Tu es moins riche que Léon, c'est vrai : mais tu lui apportes en dot... ton bon petit cœur... ta jeunesse... ta grâce et... et, pourquoi ne pas le dire... ton amour... Car elle t'aime Léon... Elle vient de me le dire.

ANNA, confuse.

Mon oncle !...

DURIER.

Et cela vaut bien des écus, allez, mes enfants.

LÉON, prenant les mains d'Anna.

C'est vrai, ma chère Anna... Tu consens à devenir ma femme ?

ANNA.

Mon oncle le veut, et... (Lui serrant la main.) Je suis bien heureuse de lui obéir.

DURIER, se mettant entre eux.

Voilà qui est entendu... Maintenant, il faut y faire venir

les grands parents... (A Anna.) Vaincre les scrupules de ton père... (A Léon.) et y décider ta grand'mère.

LÉON.

Oh! pour cela, grand'mère y consentira! J'en réponds.

DURIER.

Ta... ta... ta... Tu en réponds... Je n'en suis pas convaincu, moi... Il suffit que cela plaise à tout le monde pour qu'elle essaye d'y metre obstacle.

LÉON.

Mais, non, mon oncle.

DURIER.

Enfin... Nous verrons bien... Mais, tiens, justement, c'est elle qui vient de ce côté... Allez-vous en, mes enfants... Je vais ouvrir le feu tout de suite.

LÉON.

C'est cela, mon oncle... De la diplomatie et... surtout... du calme... de la patience!...

DURIER.

C'est bon... c'est bon... Après cela, si tu aimes mieux que je ne dise rien.

LÉON ET ANNA.

Oh! si !

DURIER, riant.

Ah !...

LÉON.

Nous vous laissons, mon cher oncle... (A Anna.) Viens-tu, Anna?... Allons faire une promenade sur la Seine... J'ai un canot qui est le meilleur voilier du pays. (A Durier, qui leur fait signe de s'en aller.) Adieu, mon oncle... Bonne chance!...

SCÈNE VII

DURIER, Mme MOISSAC.

DURIER, à part. (Pendant l'entrée de Mme Moissac, qui ne l'aperçoit pas.)

Voici ma chère sœur... toujours avec son air à quatre étages... Heureusement que j'y suis habitué... Comment diable aborder la question?... (Il tousse.)

Mme MOISSAC, se retournant.

(D'un ton sec.) Ah ! vous êtes là.

DURIER.

Mon Dieu... oui... Cela vous contrarie?

M MOISSAC.

Oh ! non... Cela m'étonne... seulement de vous y voir seul... Je croyais que vous ne vous quittiez plus avec votre cher neveu M. Vernel.

DURIER.

Si, nous nous sommes quittés... (A part.) Diable!... Elle ne me paraît pas bien disposée... Il est vrai qu'elle est souvent comme cela... Tiens, une idée!... Si je lui faisais des excuses... Ma foi, oui... cela flattera son amour-propre et la rendra peut-être plus abordable pour les ouvertures que je veux lui faire... Allons !... (Haut.) Oui... nous nous sommes quittés... ce cher Vernel et moi... Et... et, à ce propos... j'ai à vous exprimer mes regrets d'une discussion qui a été peut-être... un peu... violente.

Mme MOISSAC.

Violente!... Si vous vouliez bien dire que votre conduite a été extravagante.

DURIER.

Oh !...

Mme MOISSAC.

Certainement... Et, tenez, j'en étais humiliée pour vous.

DURIER, se contenant.

Vous êtes bien bonne !... Mais, si vous le voulez... n'en parlons plus... J'ai eu tort... et je vous fais amende honorable...

Mme MOISSAC, haussant les épaules.

Heu !...

DURIER, à part.

Si Léon et Anna ne sont pas contents...

Mme MOISSAC, à part.

Qu'a-t-il donc?... Je ne l'ai jamais vu si humble... Il doit avoir quelque chose à me demander.

DURIER, haut.

Oui... je regrette profondément cette querelle... car il serait fâcheux que notre affection fraternelle fût troublée... quand nous avons besoin de nous concerter pour décider du sort de ceux qui nous sont chers.

Mme MOISSAC.

Je ne vous comprends pas... Expliquez-vous.

DURIER.

Voyons... Ce matin... ma chère sœur, quand vous avez vu Vernel, sa femme et sa fille, n'avez-vous rien trouvé de changé dans la famille?

Mme MOISSAC.

Rien... Si... J'ai trouvé mon gendre encore plus... malplaisant que par le passé.

DURIER.

Je ne vous parle pas de Vernel... mais de sa fille... de votre petite fille Anna... N'avez-vous pas trouvé qu'elle était devenue charmante ?

Mme MOISSAC.

Oui... en effet. . elle a beaucoup grandi.

DURIER.

N'avez-vous pas pensé que ce serait une charmante petite femme, et que si on voulait la marier...

Mme MOISSAC.

Marier Anna! Y pensez-vous? Elle a dix-huit ans à peine,

DURIER.

Eh! mais, dix-huit ans... Vous n'aviez guère plus, ma
chère sœur, quand vous avez épousé ce pauvre Moissac.

Mme MOISSAC.

Pourquoi dites-vous : Pauvre?

DURIER.

Parce qu'il est mort... Si vous le préférez, je dirai... ce
bienheureux Moissac.

Mme MOISSAC, sèchement.

Voyons... trêve de plaisanteries déplacées... où voulez-
vous en venir?

DURIER.

A ceci... Que je viens vous demander la main de votre
petite-fille Anna pour votre petit-fils Léon.

Mme MOISSAC.

Pour Léon!... Vous êtes fou.

DURIER.

Pourquoi fou?... Qu'y a-t-il d'insensé dans ma demande?
Léon a vingt-cinq ans... Anna en a dix-huit... Il me semble
que...

Mme MOISSAC.

Oui... mais. . Léon a cinquante mille livres de rentes...
et Anna...

DURIER.

Qu'est-ce que cela fait, si Léon y consent.

M MOISSAC.

Il n'y consentira pas.

DURIER.

Je le quitte, il y a une heure, et c'est lui qui m'a chargé
de faire cette démarche auprès de vous.

Mme MOISSAC.

C'est impossible!

DURIER.

Rien n'est plus vrai... Les deux enfants s'adorent.

Mme MOISSAC, en colère.

C'est impossible, vous dis-je!... Voici bien du nouveau,
par exemple, et j'en apprends de belle... Une intrigue...
nouée à mon insu... chez... moi... Et... et, monsieur mon
frère, chargé de me dépeindre la flamme de ces tourte-
raux.... Je vous dis que tout cela est faux... Et que si Léon
avait eu des projets... il me les aurait confiés.

DURIER.

Vous voyez bien que non.

Mme MOISSAC.

Je vois... que vous me racontez des sornettes de votre
invention... que c'est vous qui avez machiné tout cela, et
qui avez fourré dans la tête de Léon des idées saugrenues
de mariage qu'il était loin d'avoir.

DURIER, se contenant.

J'ai machiné!... Ah ça, dites-donc, chère sœur... Machiné!... Et dans quel but, s'il vous plaît?

Mme MOISSAC.

Dans le but de faire faire un beau mariage à votre nièce...
Eh! mais... j'y suis... c'est là cette petite affaire que vous
étiez en train de comploter ce matin avec M. Vernel.

DURIER, en colère.

Ce que vous dites-là est renversant!... Il n'y a que vous
pour avoir de pareilles idées... Mais Vernel ignore la démarche que je fais en ce moment.

Mme MOISSAC, raillant.

Et vous vous voulez me faire croire cela !

DURIER, éclatant.

Je veux !... Tenez, vous êtes folle !... La colère m'étouffe
et je m'en vais... Mais je connais Léon... Il fera un coup de
sa tête.

Mme MOISSAC, raillant.

Oh ! je ne crains rien, allez... La tête de Léon n'est pas
aussi à l'envers que la vôtre.

DURIER.

C'est possible !... mais si j'ai la tête à l'envers... j'ai le
cœur mieux placé que le vôtre, ma chère sœur... Et quand
je cherche à faire le bonheur des miens, vous vous ingé-
niez, vous, à rendre malheureux tous ceux qui vous entou-
rent... Votre mari est mort à la peine, et vous voulez lui
envoyer des compagnons .. mais j'ai la vie dure, et je vous
préviens que de sitôt je ne vous ferai le plaisir de l'aller
rejoindre.

Mme MOISSAC, raillant.

Il vaudrait mieux, à coup sûr, que ce fût moi, n'est-ce
pas ?

DURIER.

Pour le bonheur de tous... certainement.

Mme MOISSAC, furieuse.

Vous êtes un insolent, mon frère !...

DURIER.

Et vous, une mégère, ma sœur !... (Il sort.)

SCNÈE VIII

Mme MOISSAC, seule.

Quelle impudence !... Ah ! monsieur mon frère, vous me

le payerez !... Et d'abord, ce mariage que vous avez si bien échafaudé ne se fera pas... Non, il ne se fera pas... Je verrai Léon, je lui ouvrirai les yeux... Il m'aime trop pour ne pas me croire, quand je lui dirai qu'Anna n'est pas la femme qu'il lui faut... Qu'on n'en veut qu'à sa fortune, et que l'amour qu'il croit avoir pour sa cousine n'existe que dans la tête folle de M. Durier... Qu'il ne l'aime pas... qu'il ne saurait l'aimer... Alors, sans aucun doute... il abandonnera ses projets d'union.

SCÈNE IX

Mme MOISSAC, LAURE

LAURE.

Ah ! te voilà, maman... Je te cherchais... Anna n'est pas avec toi... Léon l'a emmenée promener sur l'eau, et je trouve qu'ils tardent bien à revenir.

Mme MOISSAC.

Ah !... Léon et Anna sont allés se promener ensemble seuls... (A part.) On leur ménage les tête-à-tête, c'est clair... Autant de piéges tendus à mon pauvre Léon... (Haut.) Il est inconcevable, Laure, que tu laisses ainsi ta fille se promener seule avec un jeune homme de l'âge de Léon.

LAURE.

Je l'ignorais, maman, et je ne l'aurais certes pas permis... C'est mon oncle qui vient de me l'apprendre.

Mme MOISSAC, ironiquement.

Tu l'ignorais ?... Ah ! c'est au moins étrange... Mais, si tu l'ignorais, toi... tout le monde ne l'ignorait pas... et je trouve déplorable qu'on ait recours à de tels moyens pour faire réussir un projet que je trouve insensé et que je combattrai de tout mon pouvoir.

LAURE.

Quel projet? Que veux-tu dire, maman ?

Mme MOISSAC.

Je veux dire que vous avez eu tort de compter sans moi...
et que je vous ferai bien voir qu'on ne décide rien ici sans
mon assentiment.

LAURE.

Explique-toi!... Je ne te comprends pas.. je t'assure.

Mme MOISSAC.

Eh bien ! je... (On entend des bruits de voix dans le parc.) Qu'est-ce ?
Que se passe-t-il ?

LAURE, se précipitant.

Mais, c'est Anna qu'on ramène !... Oh! ma pauvre enfant !...

Mme MOISSAC.

Anna ! Qu'a-t-elle donc ?

SCÈNE X

LES MÊMES, DURIER, ANNA, DOMESTIQUES, PAYSANS.

DURIER, apportant Anna dans ses bras.

Elle n'est qu'évanouie, ma chère Laure... Tranquillise-
toi ; cela ne sera rien.

LAURE.

Que lui est-il donc arrivé ?

DURIER.

En te quittant tout à l'heure, nous sommes allés avec ton
mari au bout du parc, du côté qui borde la Seine... En y
arrivant, nous avons entendu des cris : Au secours ! poussés
par des gens qui étaient sur la berge... Nous sommes ac-
courus et nous avons vu le canot de Léon renversé au milieu du fleuve... lui, se débattant au milieu de ses agrès,

et Anna maintenue sur l'eau, grâce à ses vêtements. Prendre un bateau au rivage et aller à son secours fut l'affaire d'un instant... Et j'arrivai heureusement à temps... car la pauvre enfant, à bout d'énergie, s'est évanouie pendant que je la ramenais à bord.

LAURE, prenant la tête d'Anna et l'embrassant.

Ma pauvre fille !...

Mme MOISSAC, anxieuse.

Et Léon ?...

DURIER.

Léon ?

Mme MOISSAC.

Mais, oui... Léon... Vous me faites mourir... Où est-il, mon pauvre enfant... Qu'est-il devenu ?

DURIER.

Embarrassé dans les cordages de son canot... il avait disparu... Et si votre gendre ne s'était pas trouvé là...

Mme MOISSAC.

Ah ! mon Dieu !... (Elle se laisse tomber sur un siége.)

DURIER.

Vernel a plongé une première fois sans réussir à le trouver... Mais il a été assez heureux à la seconde pour le ramener au rivage... Il en sera quitte pour un bain forcé, je crois ; car il commençait à reprendre ses sens quand nous avons emmené Anna... (A Anna, qui a repris connaissance.) Oui, ma chère enfant, il va t'être rendu. . Et il t'aime bien, va, ce pauvre ami... car, en ouvrant les yeux, son premier mot a été ton nom... Et quand on lui a dit que tu étais sauvée, ses pauvres lèvres encore bleues ont eu la force de sourire.

Mme MOISSAC.

Mais... est-il hors de danger ?... Où est-il ?... Je veux le voir... je veux... (Elle veut se lever, mais elle retombe sur son fauteuil. Oh ! je ne peux pas... je suis trop tremblante. (Cachant sa tête dans se mains.) Oh ! mon Léon ! mon pauvre enfant !

DURIER.

Calmez-vous, ma sœur. Vernel le ramène... Quand je vous disais qu'il ferait un coup de sa tête.

Mme MOISSAC.

Oh! taisez-vous... C'est moi... qui serais cause!...

DURIER.

Mais...

Mme MOISSAC.

Oh! c'est affreux!... Courez lui dire que je ne veux que son bonheur... Qu'il épouse sa cousine... que...

DURIER.

Dites-le lui vous-même... Le voici.

SCÈNE XI

LES MÊMES, VERNEL, LÉON, DOMESTIQUES, PAYSANS.

(Léon est très-pâle et se soutient à peine.)

LÉON, se jetant aux pieds d'Anna.

Anna, ma chère Anna. (Il lui baise les mains.)

Mme MOISSAC, courant à Léon et le prenant dans ses bras.

Léon! Léon!... Mon cher enfant!

LÉON, l'embrassant.

Pauvre chère grand'mère!... Cela ne sera rien, allez.

Mme MOISSAC.

Tu souffres!... Comme tu es pâle!

LÉON.

Cela va mieux, je vous assure... Mais sans mon oncle Vernel, bonne maman, vous n'aviez plus de petit-fils.

Mme MOISSAC, se jetant dans les bras de Vernel.

Oh! merci! merci!

VERNEL, à Durier.

(Montrant sa tête.) Allons... ceci est mauvais; mais... (Montrant son cœur.) Il y a de cela tout de même.

DURIER, à part.

Oui, c'est une éclaircie... Il faut en profiter... (A Mme Moissac.) Voyez, si Vernel ne s'était pas trouvé là... ce que votre aveuglement aurait produit.

Mme MOISSAC.

Ah! Taisez-vous... J'en frémis encore!... (Allant à Léon.) Comment! comment, malheureux enfant... c'est parce que je m'opposais à ton mariage avec ta cousine que tu as voulu mourir?

LÉON, étonné.

Je voulais mourir?... Mais pas du tout... C'est le vent qui a fait chavirer mon canot... et bien malgré moi, je vous assure.

DURIER, le tirant par la basque de son habit.

Tais-toi donc, maladroit?...

LÉON.

Comment, grand'mère, tu ne veux pas que j'épouse Anna?

Mme MOISSAC.

Tu l'ignorais?

LÉON.

Oui... Mais je l'aurais su, que je serais resté au fond de l'eau.

Mme MOISSAC, lui prenant la tête et l'embrassant.

Veux-tu bien te taire, méchant enfant!... Épouse ton Anna, puisque tu l'aimes... J'y consens... (A Vernel.) Vous ne pouvez le refuser pour votre fils, quand vous venez de lui sauver la vie.

DURIER, à Mme Moissac.

A moins que cela ne soit encore... comme ce matin..
une affaire... *machinée* à l'avance.

Mme MOISSAC.

Mon frère!... vous êtes incorrigible!

FIN.

Paris. — Impr. Pillet fils aîné, rue des Grands-Augustins, 5.

PARIS. — IMPRIMERIE PILLET FILS AÎNÉ

5, RUE DES GRANDS-AUGUSTINS

www.ingramcontent.com/pod-product-compliance
Lightning Source LLC
LaVergne TN
LVHW050324030726